CW00495581

COLLECTION FOLIO

Sempé

Raoul Taburin

Denoël

Si quelqu'un s'y connaissait en changements de vitesse, cale-pieds, roulements à billes, pignons, chambres à air, pneus ballon, mi-ballon ou boyaux, c'était bien Raoul Taburin, le marchand de cycles de Saint-Céron.

Les grincements,

les chuintements,

les dérèglements les plus subtils,

Il ne me reste que lui.
Cet hiver j'ai perdu ma
machine à coudre.
    une Singer
        pourtant...

les interventions les plus délicates, rien ne pouvait prendre en défaut
la compétence de Raoul Taburin.
D'ailleurs sa réputation était telle que, dans le canton,
on ne disait plus un vélo, mais un taburin.

Il en tirait une certaine fierté, puisque dans la région deux autres personnes seulement bénéficiaient de ce genre d'anoblissement populaire :

Auguste Frognard, prince dans l'art de préparer les jambons ;

et Frédéric Bifaille, dont la vaillance à rectifier les myopies,
les hypermétropies, les strabismes et les astigmatismes lui valait l'honneur
de vendre des paires de bifailles.

Or, ce qui rendait Raoul Taburin mélancolique,
c'est que, si Frognard Auguste consommait allègrement du frognard,

si Bifaille Frédéric arborait fièrement une paire de bifailles

(ce qui donnait parfois
des dialogues surprenants
pour quelqu'un d'étranger à la région),

Moi, le dimanche, je prends mon taburin, j'emporte deux belles tranches de frognard, et hop...

Dites, Louise, vous n'avez pas trouvé mes bifailles ?

Des bifailles de soleil ou des bifailles normales ?

Taburin Raoul, lui, ne vivait pas en harmonie avec sa réputation.
Un poids mal réparti entre l'être et le paraître déséquilibrait
cette nature pourtant stable. Le poids du secret. Un secret
d'autant plus lourd que personne n'aurait pu l'envisager :
il ne savait pas monter à vélo. Il était incapable de faire du taburin.

Enfant, il avait roulé comme les autres, sur des tricycles
ou sur des vélos auxquels on fixe sur la roue arrière deux autres petites roues
qui maintiennent l'équilibre.

Je roule sans rien!

S'il n'avait pas démontré une virtuosité exceptionnelle,
son comportement était honorable.
Mais lorsque vint le moment où le jeune sportif abandonne hardiment
ces fameuses petites roues pour goûter les joies de l'équilibre
et de la liberté pure,

Raoul Taburin, lui, éprouva les pires difficultés à domestiquer
les mystérieuses puissances que sont la force centrifuge,
l'attraction terrestre et les lois de la pesanteur.

Cela était d'autant plus surprenant que, très tôt,
il suscitait l'admiration de ses petits camarades en marchant,
avec le plus grand naturel, sur les mains ou en exécutant avec aisance
le saut périlleux avant ou arrière.

Il apprit néanmoins beaucoup de choses :
l'art de se faire soi-même des pansements
(il emportait toujours dans son sac des bandes Velpeau, de la gaze
et du mercurochrome), l'art de déceler à la moindre vibration de l'air,
à n'importe quoi, une présence qui aurait pu être témoin
de ses efforts un peu ridicules,

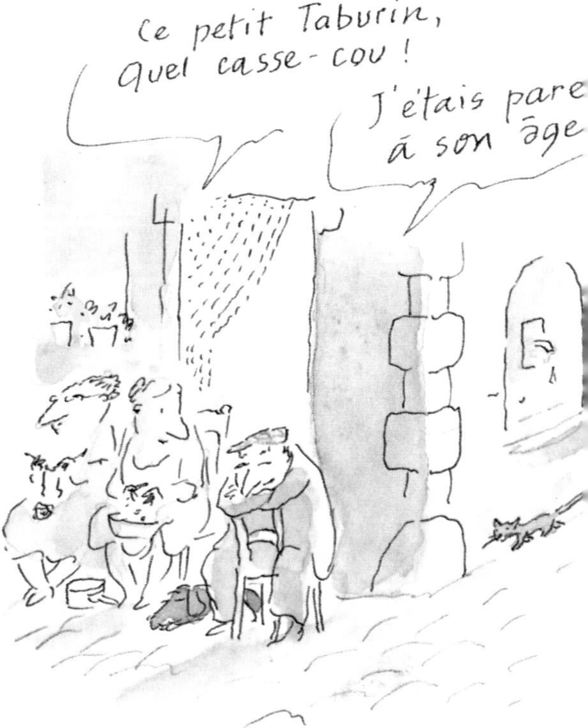
Ce petit Taburin, quel casse-cou !
J'étais pare
à son âge

et l'art du quant-à-soi. Pas de la dissimulation, du quant-à-soi :
il prenait soin, lorsqu'il rentrait, de dégonfler un pneu
(ou de dévisser son guidon, ou de créer toute autre défaillance technique).
Les pansements donnaient à penser qu'il était de cette catégorie de sportifs
qui, lassés par la routine, tentent de pimenter une discipline
qu'ils connaissent à fond en se livrant à d'audacieuses acrobaties.

Il eut beau multiplier les tentatives sur les routes et les chemins,
qui n'étaient pas, comme aujourd'hui, envahis par l'automobile,
il ne parvint pas, malgré sa ténacité,
à apprendre à tenir en équilibre sur sa machine.

Quand vint l'âge où l'on met un peigne dans la poche de sa chemisette
et où l'on porte des pantalons de golf (qui, dans ces années-là, faisaient
la transition entre la culotte courte de l'enfant
et le pantalon long de l'homme),

Raoul Taburin eut lui aussi un peigne dans la poche de sa chemisette
et porta des pantalons de golf. Son incapacité à rester sur un vélo
était la même, mais sa connaissance des roulés-boulés, amortis
et dérapages contrôlés faisait qu'il possédait à fond l'art de la chute,

Ton guidon est trop haut. Et toi, ta chaîne est trop longue. Et vous, Madame Guérin, il vous faudrait un plateau de 38 à l'avant, vous vous fatigueriez moins..

C'est vrai que
je me traîne...

mais aussi l'art de la mécanique.

Car, dans l'espoir d'élucider le mystère de ses échecs, il avait étudié
avec méthode et ténacité tous les éléments (de la selle
aux roulements à billes) d'une bicyclette.
On commençait, d'ailleurs, à lui confier des réparations.

Tu es encore arrivé en retard ! Tu viendras, Jeudi, réparer ma roue avant.

Merci Monsieur. Je peux aussi régler votre frein qui frotte un peu et raccourcir la chaîne qui est trop longue ?

Et, c'est tout naturellement que ses études à peine achevées,

il entra en apprentissage chez le père Forton, lequel,
préférant la pêche à la mécanique, lui laissa la responsabilité du magasin.
L'art du quant-à-soi avait tout naturellement conduit Raoul Taburin
à l'art de faire rire (qui permet de masquer bien des choses).
On l'aimait bien. Il avait accepté son incapacité à tenir sur deux roues
comme d'autres acceptent d'être daltoniens.

Aussi, quand arriva le moment où le dimanche on part à vélo
dans les bals avoisinants, il se fabriqua une machine qui lui assurait
à la fois la stabilité et une réputation de joyeux boute-en-train.

Il aimait faire rire et on aimait qu'il fasse rire.
Mais son statut de joyeux drille
lui permit d'apprendre encore quelque chose.
C'est que, lorsque la lumière du jour faiblit,
les couples presque naturellement se forment.

On ne rejette pas vraiment les rigolos, mais on s'en éloigne un peu,
comme si l'on craignait qu'ils ne gâchent la soudaine gravité
de l'obscurité propice. Taburin eut la tentation, qu'éprouvent parfois
les fantaisistes, de montrer qu'ils ont une âme, que cette âme abrite un cœur,
et que ce cœur contient des secrets qu'il aimerait,
à certains moments, partager.

La fille du père Forton, Josyane (avec un «y», précisait-elle),
venait presque tous les soirs. C'était un frein à resserrer,
une sacoche à changer, une roue à regonfler. Bref, elle venait
presque tous les soirs. *« Qu'est-ce que vous me faites rire, Raoul »*, disait-elle.

Un soir, alors que la lumière du jour faiblissait, profitant
de l'obscurité propice, Taburin lui dit gravement : *« Josyane. Si j'osais,*
je vous dirais… – Osez Raoul. – C'est tellement difficile à dire. Pourtant,
c'est à vous seule que j'aimerais le dire. – Dites Raoul. – Il y a des choses
tellement difficiles à avouer. – Cela dépend à qui on les avoue. » Il avait pris
sa main, qu'elle lui avait abandonnée volontiers. *« Si j'osais, je vous dirais*
ce que je n'ai jamais dit à personne. Je crois que cela nous rapprocherait
et que vous auriez confiance en moi. – J'ai confiance en vous et je me sens très près. »
Il lui serra la main. Elle serra les siennes. *« Dites-moi… – Voilà… je…*
je… ne sais pas monter à bicyclette. » Comme mue par un ressort
de selle Hutchinson, elle se leva, furieuse, persuadée qu'il s'était moqué
d'elle comme il se moquait de tout. Elle partit. Taburin apprit encore
plusieurs choses ce soir-là : qu'une jeune fille c'est autrement
plus compliqué qu'un dérailleur Campionissimo, et que s'il est toujours
hasardeux de faire des confidences, celles-ci ne peuvent pas être prises
au sérieux dans certains contextes.

À propos de contexte, Saint-Céron et les communes avoisinantes
vivaient à l'heure du Tour de France. Sauveur Bilongue,
l'enfant de la région, avait gagné une étape. Échappant par miracle

Aïe, Aïe, Aïe! Quelle chute! Mais quelle chute! Un coureur est resté en selle! Qui est-ce?.. le 143. C'est.. voyons.. je ne le connais pas.. voyons la liste.. le 143 c'est BE, non! BI.. BILONGUE, Sauveur BILONGUE qui remporte l'étape!

à une chute générale, deux cents mètres avant l'arrivée certes.
Mais il avait gagné. C'était d'ailleurs Raoul Taburin
qui avait préparé son vélo.

La suite de l'épreuve lui fut nettement moins favorable :

il abandonna au cours de l'étape suivante, mais on avait parlé de lui à la radio.

Sauveur Bilongue réapparut, arborant les traces glorieuses
de son équipement, le samedi suivant, à la piscine municipale
de Saint-Céron. Raoul Taburin était sur le plongeoir pour exécuter un saut
de l'ange destiné à éblouir Josyane, qu'il avait aperçue prenant le soleil.
Pendant qu'il effectuait les rebonds préparatoires à son envol,

la clameur soudaine qui accueillit le champion cycliste le fit se retourner,
il retomba mal sur la planche et se fit une méchante entorse.
Bilongue épousa Josyane trois mois plus tard. L'année suivante,
Taburin se maria avec la jeune infirmière qui avait traité
efficacement sa blessure.

Le père Forton opta définitivement pour la pêche et céda
son fonds de commerce à Raoul Taburin. Celui-ci aimait sa salopette bleue
bien repassée et la gamelle que lui préparait sa femme Madeleine,
qui était aussi bonne femme d'intérieur qu'infirmière à domicile.
Elle prenait comme une preuve d'affection le fait qu'il se rende à pied
à son travail (elle était effrayée par le nombre croissant d'accidents
survenant aux deux-roues, la circulation automobile ayant
considérablement augmenté). Il aimait le pain frais, qu'il achetait en route.
Si l'on veut bien mettre de côté, pour l'instant, les tracas existentiels
et les angoisses métaphysiques, on peut dire qu'il était heureux.

Un matin, alors qu'il regonflait les chambres à air poreuses de la bécane de son ancienne institutrice, un nouveau venu se présenta, tenant à la main la manette d'un dérailleur et le câble rompu. *« J'ai des ennuis »*, dit-il. Il était sympathique. Taburin effectua rapidement la réparation. C'était Hervé Figougne.

Hervé Figougne était photographe.
Il venait d'ouvrir boutique sous les arcades, place du marché.

Qu'il est mignon ! que c'est mignon ! On voit que vous aimez les chats ! Faites-m'en trois autres pour mes nièces. Elles sont si mignonnes !
FIGOUGNE
OTOGRAPHE

D'emblée, il avait signé de remarquables portraits :
Irène Safran-Legay, qui aimait les fleurs,

Maître Lentevon, qui aimait les livres,

et Reine Camoinon, qui aimait les chiens.

Les choses se firent comme ça, petit à petit.
Taburin et Figougne devinrent amis. Vers 6 heures du soir,
l'artiste, avec ses multiples poches remplies de notes
et de rouleaux de pellicule, arrivait chez le mécanicien.
Ils bavardaient, philosophaient.

Taburin était content de cette amitié. Il se disait que la vie l'avait
malgré tout comblé. Madeleine était une épouse charmante,
elle lui avait donné, comme on dit, deux beaux enfants
qui travaillaient bien à l'école, il était réputé dans son métier,
et son ami Hervé Figougne était un être délicieux,
qui lui aussi jouissait d'une excellente réputation, puisque,

on ne disait plus une photo, mais une figougne.

Je la sens cette photo! Vous, en
haut d'une côte, filant à
toute allure sur une de
vos machines dont
les roues ont l'air si frêles.
Dans le vent — Il faudrait
qu'il y ait du vent — ou
alors qu'il ait plu,
pour les reflets...

Mais voilà qu'un soir, un soir orageux d'ailleurs (et la foudre ricochant
sur les vélos, les timbres, les guidons et les pédales, les bidons et les rayons,
n'eût pas impressionné davantage Taburin), Figougne proposa
au mécanicien de le photographier roulant à taburin.

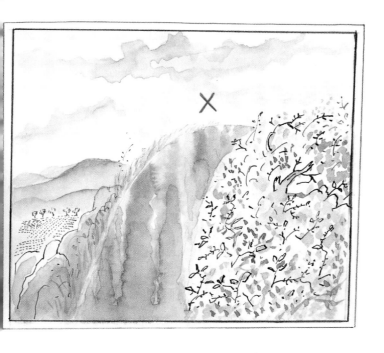

Il montra une photo de l'endroit idéal pour cette séance qui l'enchantait :
la côte de l'Aride. Une petite route malaisée avec, en aval, des précipices
qui laissaient apercevoir des champs cultivés, en amont,
une végétation hostile et épineuse. L'artiste souhaitait,
comme il l'avait déjà précisé, qu'il ait plu, afin d'obtenir un bel effet
par le reflet de l'homme sur sa machine ; la liberté de l'être humain,
qui, grâce à son ingéniosité (la mécanique) et son intrépidité
(la sauvagerie du paysage), exprimerait une symbolique que Figougne,
avec lyrisme, essayait de transmettre à son ami.

Taburin invoqua bien sûr la promesse implicite faite à Madeleine
de ne pas rouler à bicyclette. Celle-ci se récria : elle appréciait beaucoup
les photos de Figougne et ne voulait pas passer pour une virago,
comme madame Bifaille, qui, sous prétexte que son époux répétait
un peu trop souvent et avec beaucoup d'insistance à ses clientes
qu'elles avaient de bien beaux yeux,
voulait obliger l'opticien à mettre sa boutique en gérance.

Ou comme madame Frognard, qui, alarmée par le taux de cholestérol
du charcutier, ne lui cuisinait plus que du poisson.
En plus, ajouta-t-elle, il ne passait jamais la moindre voiture,
à l'endroit choisi pour la photo.

Le caractère de Taburin s'aigrit. Il était nerveux. Deux ou trois fois,
il monta des phares ou des guidons à l'envers. Madeleine insistait
auprès du photographe : « *Il faut qu'il prenne l'air. Il est surmené.* »
Il lui tardait de voir le portrait de son Raoul à taburin.

Figougne, en fin diplomate, avait réalisé un excellent portrait de Madeleine.
Elle en était ravie : « *Du contraste entre la froideur du cabinet médical
et la douceur du feuillage, il se dégage, répétait-elle, une symbolique qui…*
– *Symbolique mon œil !* », avait hurlé Taburin. Ce fut leur première dispute
en huit ans de mariage. Elle ne lui adressa pas la parole
pendant plusieurs jours.

Un dimanche, Madeleine lui dit simplement :
« Dans ce sac, il y a un pique-nique. Va chercher un taburin,
Figougne passera te prendre à 10 heures. Prends l'air, tu es devenu invivable. »
Le photographe arriva à 10 heures moins 10. Il virevoltait de joie.

Taburin proposa, en guise d'échauffement, un peu de marche à pied.
Figougne accepta, il était prêt à tout accepter. La seule chose
qu'il avait refusée était que le mécanicien se fasse photographier
sur le fameux tricycle de ses 20 ans. L'artiste lui avait répondu
qu'il ne voulait pas faire comique, mais Beau.

Taburin prolongeait la marche, espérant n'importe quoi :
un déluge apocalyptique, une invasion de sauterelles géantes,
un brouillard de fin du monde. Il détestait Figougne
et ses multiples poches remplies de pellicules. Parfois il ralentissait,

Vous êtes un fameux marcheur! Si on montait sur nos taburins?

pour repartir de plus belle, espérant fatiguer le photographe.
Il se disait que le jour où il l'avait rencontré il aurait mieux fait
de se casser une jambe et le fait que c'était peut-être ce qui allait se produire
ne calmait pas pour autant sa mauvaise humeur,

qui s'estompa un peu lorsqu'il engloutit, lui qui ne buvait jamais,
la bouteille de vin lourd qu'il avait rajoutée dans le sac du pique-nique.

Il fit une assez bonne sieste. Il rêva même que tout ça
n'était qu'un cauchemar. Figougne s'impatientait, la lumière faiblissait.
Il réveilla Taburin qui faisait semblant de dormir.

L'esprit encore embrumé par l'alcool, Taburin se retrouva sans trop savoir
comment sur la côte de l'Aride. Figougne, en contrebas, était agacé.
S'il n'avait pas laissé son ami lambiner, il aurait eu son fameux reflet,
parce qu'il avait plu le matin même, mais il était trop tard.
Il criait à Taburin : « *On peut y aller !* » L'autre lui répondait :
« *Où ça ?* », et il se mettait à rire bêtement. Désemparé, il dit même :
« *Je ne sais pas faire du vélo !* » Figougne, de plus en plus agacé, lui cria :
« *Très drôle ! mais ce n'est pas grave, vous avez épousé une infirmière !* »

Et puis, finalement, sans trop savoir ce qu'il faisait, Taburin enfourcha sa machine. Il serra très fort les freins.

Une lumière bizarre filtrait à travers les nuages.

Il pensa : *« Pas de chance, dans peu de temps il va flotter. »*

Figougne lui cria : *« Allez-y ! dans peu de temps il va pleuvoir ! »*

Il desserra les freins.

Tout le monde se rappelle la photo qui fut diffusée largement
dans la presse française et étrangère.

Taburin resta trois mois allongé. Multiples fractures. Jambe, clavicule,
bras gauche (il avait atterri sur ce côté-là), ecchymoses diverses.
Son taburin était hors d'usage. La nuit, il revivait ce fameux dimanche.

Il revoyait Figougne à mi-côte. L'œil rivé à son appareil. Il lui arrivait même de redire tout haut ce qu'il s'était dit à ce moment-là :

« Je ne tomberai pas ! »

Il revivait avec précision l'instant où, pour éviter Figougne effaré,
il avait donné ce violent coup de pied

qui l'avait projeté sur le dévers de la route. Il se rappelait
ce qu'il avait pensé : *« Ces boyaux suédois vraiment sont formidables,
ils n'ont pas encore éclaté. »*

Et puis, il avait senti un grand vide dans la poitrine.
Comme la première fois qu'il avait sauté d'un plongeoir.
Il vit avec précision une ombre – la sienne – sur ce petit plateau
qu'on appelle le Promontoire. Il y était venu, une fois,
avec la classe de sixième et le professeur de géographie,
qui leur avait recommandé de ne pas s'approcher du bord.
Il pensa : *« Cette fois, je vais me faire engueuler ! »*

Madeleine prit remarquablement bien les choses ; un ami psychologue
lui expliqua que certains hommes ayant connu
une intense vie athlétique ressentent, l'âge venant,
le besoin de se surpasser une dernière fois. On ne pouvait
leur en tenir rigueur. C'était même salutaire : l'ultime exploit
qu'ils tentaient leur permettait de vivre, exempts de névrose mélancolique,
leur déclin physique. Elle répéta cela, presque mot pour mot,
lors d'une interview pour la télévision, qui commençait à s'introduire
dans les foyers. On la surnomma la petite infirmière courageuse.
Elle reçut un abondant et chaleureux courrier.

L'hiver fut rude à Saint-Céron cette année-là. Mais Figougne réchauffait
les cœurs au récit, toujours redemandé, de ce fabuleux dimanche.
De partout on lui demandait son fameux cliché, et il en faisait
de nombreux tirages ; un éditeur allait publier un album des portraits
qu'il avait faits des Saint-Céronnais. En couverture il y aurait, bien sûr,
la célèbre photographie. Il rendait tous les jours visite à Taburin.
L'état de celui-ci s'améliorait plus vite que prévu.

Taburin et l'album intitulé modestement *Une petite ville, en France*
sortirent au printemps. Comme certains membres qui après une fracture
retrouvent une plus grande solidité, leur amitié semblait renforcée.
Mais semblait seulement. Car cette gloire
nimbée d'inconscience, d'orgueil et d'héroïsme dérangeait le mécanicien.
Il refusait les interviews, obstinément.

Par humilité bien sûr, mais aussi par crainte de dire la vérité, qu'on n'aurait peut-être pas crue et qui aurait passé pour une boutade empreinte de coquetterie, mais qui de toute façon aurait jeté un certain discrédit sur Figougne, sur Madeleine et sur Saint-Céron même.

Il se répétait que tout cela était une supercherie.

Involontaire, certes, mais une supercherie quand même.

Un soir qu'ils saucissonnaient dans le studio du photographe
– celui-ci préparait une exposition – en feuilletant l'album,
Taburin fut une nouvelle fois frappé par le contraste entre la photo
qui le représentait lui, faisant le zigoto, en Icare des temps modernes,
et les portraits d'Yvonne la boulangère, de Coignon l'épicier…
tous étaient calmes, retenus, modestes, dans un éclairage doux et serein.
Il admettait bien sûr la nécessité de publier en couverture une image
attrayante, mais il s'agissait de lui, et il ne pouvait plus se taire.
Il s'élança, comme il s'était élancé sur la côte de l'Aride :
« Écoutez, Figougne, en vertu de notre amitié, cette couverture,
eh bien je vais vous dire : c'est en quelque sorte une supercherie, parce que…
– Vous n'avez pas complètement tort, l'interrompit le chasseur d'images.
Je vous dois la vérité. C'est mon drame, je vais tout vous dire.

Vous allez tout comprendre de mon drame personnel. Vous connaissez cette photo
(Taburin n'eut pas le temps de nier), *comme vous le savez,*
elle est de Robert Doisneau, elle a été reproduite un peu partout.
Vous vous rappelez le Premier ministre anglais qui venait,
en compagnie de son épouse, pour régler cette histoire de dette
que la France avait contractée. Le jour de son arrivée, le tapis rouge
qui se décroche de la passerelle, le ministre qui se casse le poignet.
J'étais là, moi aussi…

Et voilà ma photo. Techniquement, elle est parfaite. La masse noire des officiels,
la petite fille avec des fleurs, c'était très bien.
Mais voilà, je n'ai pas su saisir le moment, l'instant décisif.

Et celle-là aussi vous la connaissez, elle est de Cartier-Bresson. La jeune duchesse de…
(Taburin ne comprit pas le nom) *pose sa tasse à côté du guéridon,*
son jeune époux s'en aperçoit et, surpris, renverse son café sur le prince.
C'était lors d'un déjeuner de réconciliation suite au scandale que vous savez
(Taburin avait compris qu'il était inutile de nier),
eh bien, j'étais là, moi aussi et…

voilà ma photo. Encore une fois, techniquement elle est irréprochable.
Et, sur le plan psychologique, elle est même remarquable : on voit bien
avec quelle condescendance la princesse converse avec la petite duchesse intimidée.
Mais encore une fois, je n'ai pas su saisir l'instant. J'ai choisi ces deux exemples,
mais je pourrais vous en montrer cinquante encore. Mon drame, mon cher Taburin,
c'est que c'était toujours avant ou après l'événement primordial.
La seule exception serait d'avoir su saisir votre bond fantastique,
mais malheureusement, c'est un hasard.

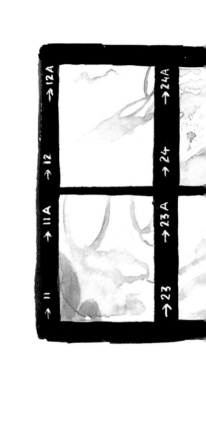

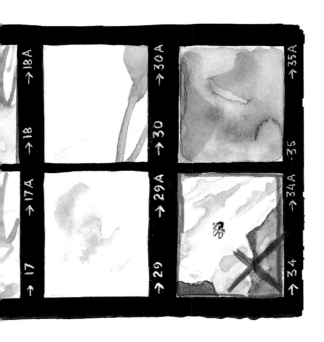

Quand vous avez dévalé la route en zigzaguant (entre parenthèses, quelle virtuosité !
j'ai vraiment cru que vous alliez tomber !), je n'ai pas réussi à vous attraper
une seule fois. Puis, quand vous avez foncé sur moi et que vous m'avez évité,
je me suis approché du bord de la route pour voir où vous débouliez.
Estomaqué, j'ai laissé tomber mon appareil.
Clac ! il a pris la photo. Je n'y suis pour rien. »

Taburin ne put rien dire. Figougne, qui partait en voyage
le lendemain matin, lui demanda de le laisser seul. Il était tard,
Madeleine allait s'inquiéter. Le temps était humide. Sa jambe gauche
le faisait souffrir. Taburin se rappelait que Figougne,
lors de la mémorable photo, souhaitait qu'il y ait des reflets sur la route.
Il en aurait eu ce soir ! Le photographe lui avait dit aussi
qu'il avait eu le pressentiment qu'en essayant de le photographier,
lui Taburin sur son taburin, il réussirait à capter ce fameux moment,
cet instant décisif qu'il recherchait tant. Dans un sens il avait eu raison.
La colère le gagnait. Non seulement, il avait failli avouer
ce qu'il n'avouerait jamais, mais il avait risqué sa vie pour un incapable
qui n'était bon qu'à photographier des animaux empaillés.

Son humeur demeura maussade. Le temps était toujours humide, sa jambe s'en ressentait. Il lui arrivait bien de penser que s'il avait tout de suite dit la vérité au photographe, rien ne serait arrivé. Mais bien vite la rage le reprenait. À une étudiante venue lui faire signer la couverture de l'album et qui s'extasiait, elle aussi sur *« la symbolique qui... »*, il avait répliqué, excédé, *« symbolique mon œil ! »* Formule qu'il se répétait en ricanant comme le font les enfants qui rabâchent une grossièreté.

Et puis il y eut la voiture. Offerte par le fabricant des cadres Rouvox.
Cadre qui, le jour de la photo, avait vaillamment supporté le choc.
Taburin refusa, mais la déception des enfants et de Madeleine fut telle que,
finalement, il accepta. L'automobile lui fut remise, en grande pompe.
Madeleine était fière de lui. Ce remue-ménage, la presse, les photos,
les interviews, tout cela la flattait. C'est humain.
Depuis son passage à la télévision, les médecins la traitaient
avec plus de considération, les patients ne disaient plus une « piqûre »
mais une « madeleine ». Quant aux gosses, ils étaient pour leurs professeurs
des enfants de héros et, de ce fait, travaillaient mieux.

L'automobile lui avait été offerte lors d'une course cycliste organisée
par Saint-Céron et patronnée (on ne disait pas encore sponsorisée)
par les fameux cadres Rouvox. C'est Taburin, bien évidemment,
qui donna le départ. Figougne était toujours en voyage, on regretta
son absence. En somme, pensait Taburin, n'avouez jamais,
et vous répandrez joie et prospérité. Son humeur était grise.
Madeleine, après les festivités, lui dit : *« Figougne te manque. »*
Elle mit sa réponse *« Ne me parle plus de cet incapable »*
sur le compte de la pudeur.

Pour essayer de chasser sa morosité persistante, Taburin passait
en revue tous les avantages procurés par le simple fait d'être incapable
de tenir sur un vélo, et surtout d'avoir réussi, parfois malgré lui,
à ne jamais le révéler. Mais cette méthode était inopérante.

Un soir qu'il rafistolait un pédalier, Figougne, après deux mois d'absence, arriva. Ils restèrent un moment silencieux. Puis comme le photographe ouvrait la bouche, Taburin lui dit tout à trac : *« Laissez-moi vous dire ! Il faut que vous sachiez : je n'ai jamais su… jamais… j'aurais dû vous le dire… c'est un secret… comprenez-moi… je suis incapable de tenir sur un… »* Il se sentait soudain de bonne humeur, il avait envie de rire. Il riait : *« Je ne sais pas monter à… c'est quand même comique ! je ne sais pas… »* Il riait de plus en plus, et Figougne aussi riait, parce qu'il commençait à comprendre.

sempé

Un petit vélo
de Euro
pour James
que j'aime

Fin.

Ce livre est dédié
à Marc Lecarpentier

Rien n'est simple, 1962 (Folio n° 873)

Tout se complique, 1963 (Folio n° 867)

Sauve qui peut, 1964 (Folio n° 81)

Monsieur Lambert, 1965 (Folio n° 2200)

La grande panique, 1966 (Folio n° 82)

Saint-Tropez, 1968 (Folio n° 706)

Information-consommation, 1968

Marcellin Caillou, 1969

Des hauts et des bas, 1970 (Folio n° 1971)

Face à face, 1972 (Folio n° 2055)

Bonjour, bonsoir, 1974

L'ascension sociale de Monsieur Lambert, 1975

Simple question d'équilibre, 1977, 1992 (Folio n° 3123)

Un léger décalage, 1977 (Folio n° 1993)

Les musiciens, 1979, 1996 (Folio n° 1507)

Comme par hasard, 1981 (Folio n° 2088)

De bon matin, 1983 (Folio n° 2135)

Vaguement compétitif, 1985 (Folio n° 2275)

Luxe, calme et volupté, 1987 (Folio n° 2535)

Par avion, 1989 (Folio n° 2370)

Vacances, 1990

Âmes sœurs, 1991 (Folio n° 2735)

Insondables mystères, 1993 (Folio n° 2850)

Raoul Taburin, 1995

Grands rêves, 1997

Beau temps, 1999

COLLECTION FOLIO

Photogravure Nord Compo, 59650 Villeneuve d'Ascq
Impression Pollina, 85400 Luçon
le 16 novembre 1999
Dépôt légal : novembre 1999
Numéro d'imprimeur : 79032

ISBN 2-07-041196-6
Imprimé en France